用白紙做的小孩

伍政瑋

目次

微雨之城

序

白紙上的塗改液 ◎ 周昭亮

1.

「詩人，任何藝術的藝術家，誰也不能單獨具有他完全的意義。他的重要性以及我們對他的鑒賞，就是鑒賞他和已往詩人以及藝術家的關係。你不能把他單獨評價；你得把他放在前人之間來對照，來比較。我認為這不僅是一個歷史的批評原則，也是一個美學的批評原則。」

——艾略特〈傳統和個人才能〉

「夢表現出一種特別的偏好，就是會把矛盾的兩造節合成一體，並使之再現為同一事或同一物。」

——佛洛伊德〈釋夢〉

文學家和思想家，在上世紀初「現代主義」時期，提出大量關於生活在現代城市和對於過去和現在的困惑，還有個人意識中，正反之矛盾。一百年後，戰爭重現，我們的世界似乎並無異樣。

　　成長於國際大都會，初出茅廬而生活在當代新加坡的年輕人，總會遊走在過去和現在、明亮與暗淡之間，極力平衡。

2.

　　初閱伍政瑋《用白紙做的小孩》初稿時，我驚覺他的寫作視角，暗喜新詩人的出現，會心微笑——回想起了我寫詩最初時期的「直率」。年輕人總會觸碰對立之間的邊界，不論是個人的和社會的，或是有意識的和無意識的。

　　詩集定稿分為兩輯。第一輯「十分痛」，詩人一直在探索年輕人成長中，嘗試用現在去掩蓋過去，卻又發覺過去原來鑲在自己的細胞之中。第二輯「微雨之城」，詩人直接描繪一個絕對不准塗鴉的城市國家，在看見和看不見的空間之間，重疊、分身、面前、靠背，在怕死和怕輸之間掙扎求存。

　　既然要用塗改液，就是因為「曾經寫字」。

不甘寂靜，但又怕被長輩批評為一片空言——
看來這就是在千禧年之後長大的一代，心中無
法排遣的壓抑和忐忑。政瑋在〈寫字〉中直接
指出家庭和學校的教育對我們有著不能避免的
影響：「是從小灌輸了的知錯能改。／橡皮擦
卻把字越擦／越黑。／墨筆在塗改液上，越畫
／越亂。／沾上筆墨的白襯衫，越抹／越髒。」

　　文字直接，意象準確。橡皮擦、塗改液和
白襯衫是我們每個現代人都擁有過的物件，都
跟我們有過親密的接觸，結實而不華麗。由橡
皮擦、塗改液和白襯衫，隱隱道出從小學、中
學，直至踏出社會工作的階段，我們遇到的體
會，與前人的教誨，差毫千里。試問我們的成
長，是不是就要用每天當下的血汗，塗在過往
的聖賢石碑之上？而且，年輕人都用電腦「寫
字」了！那些要每天用水稀釋的塗改液，或瓶
內有鐵珠防止凝固的塗改液，不是八九十年代
的遺物嗎？塗改液，又能真正地掩蓋所有曾經

刻下的痕跡嗎？

　　佛洛伊德（Sigmund Freud）的成長理論著重父母和孩子，在嬰兒時期的連結，而這份關聯將一直影響著孩童發展為成人的過程；現代教育制度，從小灌輸多組規則，在既定的範圍中遊走出一條勝利之道。漸漸地，有一大堆預設的正和反在我們的思想和生活，而我們就把自己配合在模具之中。有些人告訴著我們這是落伍、這是先進、這是有用、這是多餘；這個邊界，就像是雲朵的邊緣，像霧像花，要不是天空是藍色的，這條邊界又何嘗存在？在〈路人〉，政瑋反詰，不在天際，卻確確實實在路上的邊界：「人行道——／一半水泥／一半磚紅色的防滑道／和奧運賽道同一款紅色／水泥歸給行人的蹣跚／磚紅歸給腳車的飛奔／紅色是／告誡那一邊的路多快速／只屬那些與時間、金錢賽跑的人」

　　句子簡短，沒有忸怩，詩集中其他作品亦

沒有太多贅肉。詩人直接描述生活中理所當然
的界線：快的一邊，慢的一邊，同一條路，平
行方向，左右兩邊目標各異，那麼，生活在同
一天空下，我們會否「殊途同歸」？或許，在
我們的無意識中，「就是會把矛盾的兩造節合
成一體，並使之再現為同一事或同一物。」

　　從自我到社會，詩人也嘗試以詩關心國家。
新加坡人喜歡稱這個赤道島國為「小紅點（Little
Red Dot）」——在地圖上的一個紅色小圓點而
已，卻有五百多萬人在這裡居住，以此島為家。
在小國成長，站在世界大舞台上，總有一點身
份認同的困惑。　尤其是，新加坡是一個多民族
和多語言的國家，又以英文為普遍語言，文化
發展的定點就總有一點隱晦：如何向大國的朋
友介紹新加坡是一個怎樣的國度？詩人到日本
旅遊的時候，不忘深思這個「定義」，在詩集
最後一首詩〈風雨不改〉，政瑋比較這兩個一
南一北的島國：「日本的風如此大／直到湖面

不再波瀾／也就如此安逸／日本把他叫做『凪』／／新加坡的風如此小／直到電話鈴聲不再響起／也就顯得大氣／我們常説『沒消息就是好消息』」

　　用地道語入詩有一定的難度，尤其在音韻和語調，要拿捏準繩；但另一方面，地道語卻又是反映當地人民和生活最精確的「定義」。能好好運用地道語，詩人需要有非常敏感的觀察力和深刻的洞察力，對當地語言的語感也要非常在意。剛剛開始寫詩，有這樣的膽識，確實是「好消息」。

3.
　　從出版社編輯們的口中知道有一個年輕新加坡人，投稿出版詩集，我既驚又喜：是誰又有這樣的傻勁！再看到初稿，雖然詩藝尚在萌芽階段，詩意卻自然而深情，詩質穩穩滲出一股潛能，我跟編輯們說：「怪不得你們誠意推

介！」後來，遇見政瑋的真人，我更覺驚嘆：一個從著名英文中學和預科初院理科組畢業，又剛剛才完成藥劑學學士的新加坡人，選用華文書寫，還要寫詩！言談間我方發現，他對華文現代詩的認識，才在剛起步的階段，有如此的作品，實在難得。

　　這份感覺是如此多麼熟悉——我也曾經從沙漠走到現代詩的綠洲，一往而深。我知道《用白紙做的小孩》的出版，將會引領政瑋繼續研究和深探這個文學桂冠上的鑽石。我相信詩人將會努力在語言的運用和變化，意象的新奇和跳躍，與傳統的借鑒和創新上學習。一直在白紙上寫字，用塗改液掩蓋過去，又把現在記錄下來，再塗抹，再寫字，再塗抹，再寫字，一層又一層，與未來對話，成長應該就是這樣吧？當痕跡和填補堆疊起來，矛盾的兩造節也合成一體，乾涸的塗改液一塊一塊的浮游在白紙上，那些邊界就從此消失。

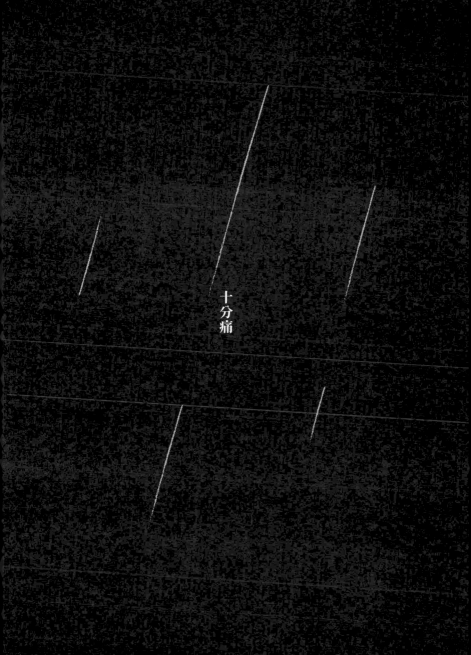
十分痛

寫字

只不過想讓字句深刻。
鉛筆按得狠了些,
筆頭斷了、粉碎了。

是從小灌輸了的知錯能改。
橡皮擦卻把字越擦
越黑。
墨筆在塗改液上,越畫
越亂。
沾上筆墨的白襯衫,越抹
越髒。

後來改換鍵盤
改寫得親切深刻,還是完美無瑕?

圓圈

毛筆
畫了一百個不夠圓的圈
克制把紙撕爛的一念
圈起的空白
雖獨特
卻糾正不了

毛筆不明白
「圓圈」這兩個字是
方的，很正常

後來圓規
複製了一百個太過圓的圈
為毛筆圓了一個夢
也圓了一個謊

萊佛士花 [1]

花朵們上了美容課
萊佛士花曠課

花朵們學用陣陣花香吸引
蝴蝶蜜蜂
萊佛士花用腐臭的脾氣吸引
蒼蠅
證明他更為赤裸的花心

---

[1] 萊佛士花（Rafflesia）：又名大王花、屍花，是世界上最大的一種花。由萊佛士爵士與約瑟醫生於一八一八年發現。此生長於馬來半島及婆羅洲、蘇門答臘等島嶼。大花草開花時奇臭無比，發出腐肉味的臭氣，靠吸引廁蠅與甲蟲為其傳粉。

孔雀

黑白絕對的世界
無驕傲孔雀

白鴿是神
烏鴉是霸
世界是瞎子
凝視孔雀的多餘

骨像

有人覺得這是美

> 餵飽自己，不是
> 餵飽那些咨齒的眼睛。
> 人的存在感是不需要累積
> 一定的追蹤人數才撐得起。
> 消耗熱量自然而然，不是
> 消耗體魄成生物標本。

也有人覺得這是美

> 很苗條
> 所以
> 我
> 固然
> 美中美

寵壞

不肯降溫的熱水
把抹茶粉
煮成一碗又綠又髒的
苦水

病了要吃藥

打肉毒
把時間凍僵在
當現實的魚尾紋未皺成前程的坎坷
當志向未潰爛成回憶的影子

服抗生素
治癒紅腫不堪的靈魂
消去嫉世憤俗的炎症
殺滅肉眼看不見
卻無處自甘墮落的病菌

抗過敏藥
能讓人對諷刺不再過敏
能讓欲望不再瘙癢
能讓煩燥睡去

病了要吃藥
有沒有一種藥
口服，心也服

如影

窗外枯樹
沉默而立
彎曲身影
支撐離別的凝重

眼角不經意落下的
一滴淚
如影隨行
又如

                          煙
                          散去

實驗

抖落潔白的戰袍
拉緊青藍色手套
把我們的世界灌進 96 孔板 [1]

深奧的假設題要用
分毫
分毫
分毫
的證據去剖析完畢

眼看我們的假設題
綠色
黃色
紅色
的變色鑒定了結局

為了以後的假設題
分毫
分毫
分毫
地過濾餘留的世界

直到過濾後的自己
沒分毫的你

---

[1] 96 孔板（96-well plate）：一種科學實驗的容器，
長形的塑料板上共有 96 個圓孔，每個圓孔可容納
2 mL 左右的液體，常用於以微量化學劑進行的科學
實驗。

雨傘

你是偶然的景色，
在我窗門來來回回。
你給我彩虹，
在茫茫灰色中。
你也給我風，
我失重。

你能灌溉各個
湖泊、井口和門縫。
只是我有一個長期密閉的心房。
滴不進，
填不滿。

多的是需要穩穩支撐的手掌。
但你是大雨傾盆，
我是傘。

十分痛

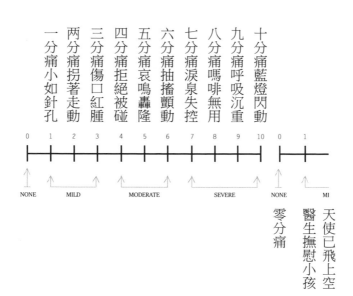

一分痛小如針孔

兩分痛拐著走動

三分痛傷口紅腫

四分痛拒絕被碰

五分痛哀鳴轟隆

六分痛抽搐顫動

七分痛淚泉失控

八分痛嗎啡無用

九分痛呼吸沉重

十分痛藍燈閃動

0　1　2　3　4　5　6　7　8　9　10　0　1

NONE　　MILD　　MODERATE　　SEVERE　　NONE　　MI

零分痛

醫生撫慰小孩

天使已飛上空

備註：圖為疼痛程度表。0 為無疼痛，10 為最劇烈的疼痛。疼痛程度表是醫護人員常用於評估病患疼痛的方法。

自問・自答

雲何時停駐？　　　不曾停駐。
我想畫出你的形狀，　卻只遺留背影和輪廓。
調皮的你卻　　　　不道而別，
翻滾在天上的海洋，　是你的自由，
怎麼來得及適應，　　我的負荷。

懸掛天空的　　　那一道光線
已遠，　　　　　是你的手，
怎麼緊握？　　　透過世界的色澤依舊緊握。

生活的縫隙中，　　一陣凝重潮濕的晚風，
吹響了一串問題：　吹落了拼圖般的答案：
你的離去自由嗎？　你獲得的自由是藍色的
是什麼？　　　　是點綴著白色無形的愛
在哪裡？　　　　深藏在心

墨中找字

筆尖靜守最後幾滴墨水
如魚餌
在淡黃桌燈下的白紙中
等著字句上鉤

鉤起了
很久很久以前的一串他的話
我想把那句話留在紙上
他卻把那句話帶回天堂

時間繼續走
筆尖停滯著
四處擴散的墨水
是字的淚痕

人的三重死亡

1 生理

人工呼吸
別停止呼吸
我身體加溫過的氧氣
在你身體越吸越冰

人工呼吸
請維持脈搏
雙手按壓失溫的胸膛
會越按越無力

人工呼吸
代替鎖在喉結裡的一句
對不起

2 禮儀

先化為　塵
後歸為　土
之間是悼念者擦乾那兩滴淚痕

3 記憶

自古誰記起每顆星的名字？

當我已遠離地球
幾百光年
誰會無意中提起我的名，我的姓？
讓一顆無名的星
死裡活著

排隊號碼

1
這裡的每個人
都成功拿了排隊號碼
進了場

七位數的排隊號碼
印在身份證上

2
看著熒幕
看著手上的號碼
嘆氣

「叮咚」
再看熒幕
再看手上的號碼
嘆氣

叮咚　叮咚　叮咚
我依然坐著
嘆一口長氣
繼續等待命運給我的特別待遇

3
抽到這七位數的號碼
抽到一根籤
預言我會走過什麼樣的
一年又一年

姓名能改
性能改
這七位數號碼卻跟我一輩子
證實著我的存在
薄如一張粉色卡片

一布一布來

老裁縫的老花眼鏡低掛在鼻樑
眯著眼
修修剪剪
補補縫縫
一台縫紉機上躺著一套華麗西裝
一個小桶裡塞滿碎布

他們是一整套的
一尺一寸
平平順順
扣緊後
扣位無多褶痕

命運的裁縫毫無分寸
碎布們無從貼身那樣的生活
卻還可以拾起
或大或小的自己
一針一線

用金絲縫紉成
越多壓線條，越多彩的拼布被

想對蝴蝶說

蝴蝶你不停尋覓
斑點的花粉
厭倦那茂盛的綠嗎？
來回
在稀少的乳草花、九重葛上落腳
奢求那一丁點甜蜜的成就感

當人類提起你
大多數只在乎你對生態系統的貢獻
但我懂你的苦
你是奮勇張著翅的花瓣
而我是被黑夜冷落仍燃燒的行星

鑽石

還以為
生命缺乏什麼鮮豔的色調
刻意雕琢自己
無菱角地煥發光彩
把完美的狀態行銷給商家

還以為
我應當他手指上的奢侈品

不了
我應當自己的必需品

一點點

起飛瞬間
橙色的街燈裡有
一點點
渺小的誰

降落瞬間
那一點點的
原來是我

太極圖

光
炫耀者
一心逼走
影子的黑
卻難免留下
樹蔭的伸張

暗
可也是一種

白

給飛蛾撲火的幻覺
光芒四射燒毀內心黑暗
直到焦黑，才發現蔓延的

月縫製細緻的空白成棉被
包裹輾轉反側中的獨白
給封閉心靈的舞台

黑
散發另一種光

太陽萎縮後
就與傾聽者
療傷坦白
淚水歸於
羞澀的

暗

播種

念　　　　　善
　　　　　　念之根

如荒地，如白紙。

無惡意，無善念，只是直覺。

直到農夫種下一念。

萌芽之時，善
念之根來自於他的一個字，

一句話，

一首詩。

萌芽之時，善
念之根來自於誰

用白紙做的小孩

他誕生於一本書的
空白的
第一頁
他執迷
色彩繽紛的顏料
他渴望某天成為天空的彩虹
直到他遇見
黑

黑色是紋身的詛咒
黑色是筆痕的批判
黑色是墨水的污衊

每當剪刀醫師把
黑色的那面割下
他就忍一次痛
割一次
痛一次

割一次
痛一次

聽說後來他捨去對剪刀的依賴
他開始珍惜原有的
白

他學會讓黑色的疤
淡忘在
塗改液之下

微雨之城

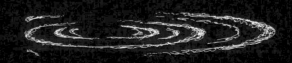

莫蘭迪色系 [1]

撕開標籤
抹去光澤
裸露杯子瓶子在包裝背後的
粗糙
塗上一層不顯眼的
莫蘭迪色系
我沉迷在
被灰色馴服的色彩

撕開標籤
抹去光澤
裸露一身名牌背後的
粗糙
塗上一層不起眼的
謙遜
我溫馨在
嘜吔店阿姨叫我「小弟」[2]

撕開標籤
抹去光澤
裸露國際排行榜背後，一座城市的
粗糙
塗上一層被遺忘的
平庸
我們一起日夜關注
病毒感染人數

---

[1]莫蘭迪：義大利油畫家，本名喬治·莫蘭迪（Giorgio Morandi）。他善用的調色盤偏向於灰色系的色澤。在他筆下調色盤創作的畫品，總有一股溫暖樸實的柔和感，體現出令人舒心又優雅的質感。他常把這樣調性的色彩套用在日常用品和事物，作為畫作的題材，例如杯子，碗碟，花瓶等等，讓物品都顯得溫柔舒服，不喧嚷不耀眼不奪目。

[2]嗲呸：新加坡福建話／閩南語，指新加坡的傳統烘烤咖啡；而嗲呸店則指提供傳統烘烤咖啡的舊式／鄰里咖啡店。

致小學作文的小明

「風」要多少 °C 才算「和」[1]
「日」要多少 lm 才算「麗」[2]

你的風和日麗是
笑聲洪亮的那一種
即便是被風牽絆的風箏
即便是被大樹吞噬的飛盤
即便是曬到發燙的猴架

我的風和日麗是
沒有被吹爛的傘
長袖襯衫的腋下方沒沾透汗跡
額頭沒有汗珠
眼角沒有淚水

冷氣機的風 22 °C
沒有窗的辦公室，對著熒光幕 100 lm
一個風和日麗的早上

---

[1] °C：Degree Celsius 的縮寫，指攝氏度（測量溫度的單位）。

[2] lm：Lumens，指流明（測量光亮度的單位）。

Mamak Shop [1]

1

一對老夫老妻
沒有子女
卻是整座組屋小孩的
「Uncle，Auntie」

一間店鋪窄小擁擠
販賣的零碎雜貨之中
不忘參雜
幾句問候語

小學生的零用錢換來
廉價盜版「游戲王」卡片
省下向父母哭討填補零用錢
單瓶售賣的 Yakult [2]
省下買一排五瓶，卻無人分享的煩惱

方便的
直到長大以後

2
一對老夫老妻
沒有子女
二十年了的小店鋪
「Uncle，Auntie，我開始做工了！」[3]

血汗錢換來
麵包、鷄蛋、牛奶
省下到購物商場買早餐的那一趟
需要戳圓孔的停車券[4]
省下被開罰單的提心吊膽

方便的
直到襲來的網上購物和停車 App

---

[1] Mamak Shop（媽媽檔，又譯媽媽店）：「媽媽」
音譯自淡米爾語的「mamak」，新馬一帶用語，多

指具有馬來和印度風味的清真小食肆或雜貨舖。

[2] Yakult：益多，又譯養樂多。

[3] 新加坡口語，習慣將男性長輩統稱為「Uncle」（叔叔），而女性長輩統稱為「Auntie」（阿姨）。

[4] 新加坡建屋發展局的停車券，用以繳停車費。車主會根據各停車場指定的停車費，把標記年份、月份、日期、停車時間的圓孔戳出，然後擺在汽車儀表板的上方。例如，某個停車場是以每半小時繳（新幣）六毛錢，而車在中午十二點停車，價值六毛錢的停車券會在十二點半失效，價值一塊兩毛錢的停車券則會在下午一點失效。若需長時間停車，車主會戳好幾份停車券，同時擺在車裡。

畢業的惡作劇

$a^2 + b^2 = c^2$
劇本總是這樣寫
學生總是照著念
何時演變成
$愛^{錢} + 夢^{錢} = 幸福^{年}$

清理電郵箱

「You have a new mail.」

沒時間
沒時間理
沒時間疊被
沒時間燙的衣
沒時間倒的垃圾
沒時間清洗的碗碟
沒時間更換的吸塵袋
沒時間修好啞去的門鈴
沒時間挽救燈泡奄奄一息
沒時間把中風的電風扇送院
沒時間安撫為我哭泣的冷氣機

一回到家就開電郵
「(!) Your mail box is full.」

壁虎

沒有虎牙
沒有輝煌戰績的紋路
靠著牆
的文憑和證書
狐假虎威

繁華都市

我站在交通燈下等著
那位老伯反覆地
按壓交通燈的按鈕
一個只需按一次的按鈕
汽車喇叭反覆地
轟炸半睡半醒的市區
一群浮躁的車輛也隨著共鳴而亂響
告知世界時間的寶貴

一位戴墨鏡的女士走過
名牌高跟鞋一步一步
踹在灰沉沉的水泥路上
別人的拖鞋踏過的路上
她以為唇齒間發出的「嘖嘖」聲
能如交通燈按鈕
按幾下，別人就
停下腳步讓路給她

路人

人行道——
一半水泥
一半磚紅色的防滑道
和奧運賽道同一款紅色
水泥歸給行人的蹣跚
磚紅歸給脚車的飛奔
紅色是
告誡那一邊的路多快速
只屬那些與時間、金錢賽跑的人

靠左行駛的馬路——
第一車道從右邊算起
歸給迫不及待割車道的快車
巴士車¹、大卡車靠左行
如同電動扶梯——站住的靠左，趕路的靠右
趕路稱第一

除非是黃線紅線劃分的車道
那是歸給巴士的獨享天地
好讓巴士無阻礙加快速度

但急的
永遠不是巴士

---

¹巴士：為英文「Bus」的音譯，指公車。

是雨拯救了這座城市

紅雲吞噬紫夜空
膨脹起來

深藍的風
細白的雨
提醒
忙著關窗的人
忘了關窗的人
凡是屋簷下的都不是落湯雞
也給予
急促呼吸的城
忘了呼吸的城
片刻的歇息

褶傘凝聚而盛開
人行道的死灰
瞬間點綴成花卉
一幅隨雨勢蛻變的水彩畫

一線生機

地鐵乘客的默認模式
耳機
打橫的手機
等待著報站名的廣播機

花枯萎之時總是垂著頭
一群人站在這擁擠的地鐵垂著頭

慶生儀式

十歲的我們
用生日派對的邀請函
換來五六名好友
壽星讀的是潦草的手寫生日賀卡

十四歲的我們
交友功能提升
用幾個按鈕
換來一百個新朋友
朋友的生日絕不忘記
（甚至無時無刻地被提醒）
讀的是複製和黏貼一百次的
「Happy Birthday!」
「Thanks ☺」

吃👍過日子

歡迎來這豐盛的自助餐

來一杯名人名言
附上日出的雲彩
或者登山者獨擋風寒的照片
當提神的熱咖啡
按👍

看朋友吃什麼
跟著朋友吃什麼
然後按👍
「我也超愛這家的，下次一起去！」
下次沒有一起去
這樣的吃法
也算豐富的早晚餐

甜品區琳琅滿目
甜度報表的貓咪狗狗萌娃
還有水獺家族在草地上刨坑👍

愛吃酸辣的你們
請往留言區👍👍👍

這裡有大熔爐
混合菜餚
稀奇的語言卻又異口同聲
古怪的風味卻又變熟悉了

熟悉的可能變陌生
朋友的每個近況
戀愛，結婚，生兒育女
比你的生活紀事還長
但也一如往常幫他按👍

刷也刷不到底
吃也吃不膩的
無限量卡路里

自投羅網

我們把吃喝玩樂搬上網
順便把投其所好也搬上

我們把伸張正義搬上網
順便把含血噴人也搬上

我們把愛人、親人、朋友、寵物搬上網
順便把世界遷移到那虛擬天地
直到這裡
空無一人

人與人之間

1 知音室

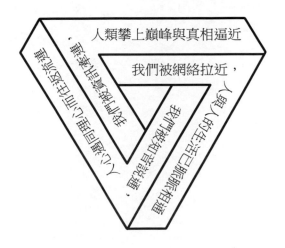

2 回音室

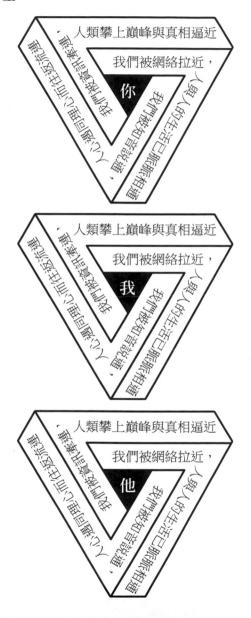

電腦不識字

「zhi shi」

只是	指示	之時	指使	知識
直視	之事	致使	之勢	芝士
制式	之士	之師	值是	執事
之始	之石	志士	之十	知事
之詩	治世	智識	支使	知世
枳實	指事	蛭石	置石	自（zi）私（si）

只是指示，無力指使。
只是知識，毫無智識。
科技飛躍之勢，壓不倒
筆墨橫姿之詩。

備註：新加坡簡繁體字，皆適用拼音輸入法。

時間的摸樣

一雙蟬翅每秒煽動五百下
一朵櫻花每秒墜落五公分
時間的風把片刻吹往回憶
每秒一張照

一炷香每分鐘短去一公分
一碗湯每分鐘冷去一分熱
時間的火把現在燒成遺忘
每分鐘一雲煙

一座鐘樓每小時響兩三下
一身影子每小時挪十五度
時間的搖籃把日常注入潛意識
每小時一場夢

每年一歲一歲
時間使者
帶領我們走過蔓延的畫廊
只是無法延遲終點的一碗孟婆湯
把畫一一漂回白色的平凡

夜晚有他自己的規則

海馬體[1]裡似乎自備打燈儀器
所存檔的萬物
都以白天的模樣記錄
一朵花，一棵樹，一個人
花花綠綠的
活活生生的

鬧鐘的啼鳴如前奏一響
車門、鐵門、電梯門
拍打著電音的節奏
規規矩矩的
沸沸揚揚的

但夜晚有他自己的一套規則

是誰不小心把　墨　倒進了城市
吞盡窗外的
一朵花，一棵樹，一個人
餘留的色澤萎縮在夜燈下
隱隱約約的

鬼鬼祟祟的

是誰不留意把　默　唱進了月光
無配樂的畫面裡
車門，鐵門，電梯門的
每個「叮咚」都戰戰兢兢
揚聲器被迫調到最大聲
抵消一絲
昏昏沉沉的
神神秘秘的

---

[1] 海馬體（Hippocampus）：大腦的一部分，主要功
能為記憶儲存。

豐衣足食

曾經父母這樣說過：
我吃的鹽比你吃的米還多

以後的父母可以這樣說：
我戴的口罩比你穿的衣服還多

煙花

凑著八月份一片紅海的熱鬧，
一家人一年一度到濱海朝聖。[1]

眼前煙花
　　　　變幻莫測
不變的是
　　　　慢半拍的
　　　　耳裡的**轟轟**作響。

天上煙花依舊
　　　　只是我不需哄騙我的棉花糖。
陸上過客依舊
　　　　只是不需握緊引路的手掌。
煙消雲散之後
　　　　只是燃燒過的夜更黑暗。
星光依舊
　　　　只是爸媽已髮如霜。

---

¹ 濱海：地方名，指新加坡濱海灣（Marina Bay），
著名商業區與旅游景點。八月份國慶期間常有煙花
表演。

地球儀

水晶球
旋轉的水晶球
請告訴我未來是怎樣的

旋轉慢了下來
眼前一顆
以國界毀容的地球

羅本島望桌山 [1]

那年代，膚色
用來衡量生命的價值。他們
房屋分一半，
公車座位分一半，
海灘分一半。
他們把有作為、大有可為、見義勇為，
統統列入胡作非為，
放逐在羅本島與世隔絕。

偉人站在羅本島遙望彼岸的桌山，想著
膚色，髮色，
血依然的紅色。
之後改革了，他們自由了。

這年頭，不再用膚色
衡量生命的價值。我們
共享一座組屋，[2]
共享一趟巴士，[3]

共享彼此的佳節假日。
可是皮膚還是會
搶先做個自我介紹——草率的那種。
皮膚惹出新聞、略有所聞、視而不聞。
我們有時未免孤陋寡聞，
還以膚色歸類都一樣的我們。

我站在羅本島遙望彼岸的桌山，想著
膚色，髮色，
血依然的紅色。
若我們都這麼想，我們也可以自由的。

---

[1] 羅本島（Robben Island），指南非的一座島嶼；
桌山（Table Mountain）位於南非西開普省開普敦
（Cape Town）附近，是一座頂部平坦的沙岩山，
是著名的旅遊景點。
[2] 組屋：泛指新加坡建屋發展局所建造的公共房屋。
[3] 巴士：為英文「Bus」的音譯，指公車。

風雨不改

1
日本的風如此大
他是嵐山竹林的沙沙聲響
他是為富士山編織的環環雲層

新加坡的風如此小
他是風鈴與風鈴之間的竊竊私語
他是操場上，國旗的舞伴

日本的風如此大
直到湖面不再波瀾
也就如此安逸
日本把他叫做「凪」[1]

新加坡的風如此小
直到電話鈴聲不再響起
也就顯得大氣
我們常説「沒消息就是好消息」

2
日本的雪如此大
他是壓在屋簷上的一塊塊紙鎮
他是老司機不敢繞的冰天雪地

新加坡的雨如此小
他是被濱海堤壩制止的洪水
他是擋風玻璃上，被雨刷抹平的水珠

日本的雪如此大
直到一片雪花吻過臉頰
也就不缺小浪漫
日本把他叫做「雫」[2]

新加坡的雨如此小
直到雨滴擁抱曬熱的柏油路 [3]
也就不缺大愛
我們習慣往窗外大吼「下雨啦，收衣服啦！」

---

[1] 凪（日語發音：nagi）：「冷靜」、「靜止」的意思。

[2] 雫（日語發音：shizuku）：指「降落」，此指雪花「降落」。

[3] 柏油路：又譯瀝青路。

鳴謝

數十張白紙，傾聽著我生活中的大小事。些許的頓悟、些許的真情流露、些許的感慨，令不起眼的白紙增添生色。倘若我也是一張白紙，我的故事少不了為這張「白紙」增添色彩的你們。

首先，我要感謝周昭亮醫生，分享您對寫詩的熱忱，也擴展了我對詩的想象空間。您的細心教導，讓我察覺我的盲點，並讓我精益求精。寫作的道路上，能有您當引路人，是我的榮幸。

其次，感謝汪來昇、洪均榮、歐筱佩、陳文慧，以及新文潮的團隊，精心出版一位初入詩壇的作家的作品。還記得初次到海風書屋，大家介紹的詩集、詩人，讓我大開眼界。之後，一路的出版過程，將遙不可及的夢，印刷在我生命這一面淡淡的白紙上。

最後，感謝親愛的媽媽、弟弟、阿姨的力挺，讓寫作這道路踏實很多。也感謝親朋好友

踴躍的支持與鼓勵。謝謝你們，讓我的詩也能
為你們而寫。

新加坡國家圖書館出版品預行編目（CIP）資料

National Library Board, Singapore Cataloguing in Publication Data
Name(s): 伍政玮 .
Title: 用白纸做的小孩 / 作者 伍政玮 .
Other Title(s): 文学岛语 ; 010.
Description: Singapore : 新文潮出版社 , 2022. | 繁体字本 .
Identifier(s): ISBN 978-981-18-4941-1 (Paperback)
Subject(s): LCSH: Chinese poetry--Singapore. | Singaporean poetry (Chinese)--21st century.
Classification: DDC S895.11 --dc23

文學島語 010

用白紙做的小孩

作　　　者　伍政瑋
總　　　編　汪來昇
責 任 編 輯　歐筱佩
美 術 編 輯　陳文慧
校　　　對　伍政瑋　洪均榮
出　　　版　新文潮出版社私人有限公司
　　　　　　TrendLit Publishing Private Limited (Singapore)
電　　　郵　contact@trendlitpublishing.com
法 律 顧 問　鍾庭輝法律事務所 Chung Ting Fai & Co.

中 港 台 發 行　秀威資訊科技股份有限公司

新 馬 發 行　新文潮出版社私人有限公司
地　　　址　366A Tanjong Katong Road, Singapore 437124
電　　　話　(+65) 6980-5638
網 路 書 店　https://www.seabreezebooks.com.sg

出 版 日 期　2022 年 9 月
定　　　價　SGD 18 ／ NTD 250

建 議 分 類　現代詩、當代文學、華文文學